有度文化

牛梦牛

CAOMU ZHI MING

著

草木之命

山西出版传媒集团　北岳文艺出版社

图书在版编目（CIP）数据

草木之命 / 牛梦牛著. -- 太原：北岳文艺出版社，
2025.5. -- ISBN 978-7-5378-7069-6
Ⅰ. I227
中国国家版本馆CIP数据核字第2025B88A57号

草木之命

牛梦牛 / 著

出品人 董利斌	出版发行：山西出版传媒集团·北岳文艺出版社 地址：山西省太原市并州南路57号 邮编：030012
选题策划 刘文飞	电话：0351-5628696（发行部） 0351-5628688（总编室） 传真：0351-5628680 经销商：新华书店
责任编辑 武慧敏	印刷装订：山西人民印刷有限责任公司 成品尺寸：140 mm×210 mm 字数：110千字
封面绘图 杨键	印张：5.75 版次：2025年5月第1版
书籍设计 张永文	印次：2025年5月山西第1次印刷 书号：ISBN 978-7-5378-7069-6 定价：48.00元
印装监制 郭勇	

本书版权为本社独家所有，未经本社同意不得转载、摘编或复制

序 /

隐逸诗人牛梦牛

杨键

　　牛梦牛原名牛梦龙。其实我更喜欢牛梦龙这个名字，好像自身的一个升华，但后来又觉得牛梦牛更好，在自身发现自身，这个名字或许比那个名字好。

　　在梦牛的诗里，我发现他经常无端泪流，这源于人生之苦，有己苦，更有他人之苦。他尝到了苦，从尝，到知道这是苦，这是一种觉；有苦而不知有苦，这是谜。梦牛诗的基调是一种苦。因此他的苦的根基当然是一种觉，觉的意思其实并不高深，以前不知道的现在知道了，这就是觉。

　　苦让梦牛的诗弯曲下来，俯伏下来。是的，这是人间的好诗人必须有的一个姿势，梦牛诗的姿势是虔诚的，因而是弯曲的，接着俯伏下来。是苦，让他的诗先弯曲，后俯伏。他的诗弯曲俯伏在一朵枯萎的花的面前，他的诗弯曲俯伏在他父母的墓碑前。

　　苦让梦牛的诗还有一股特别的善的香味儿，让他的诗有一股特别的善的苦味儿。没有苦，他的诗很难传达他特别珍爱的善的滋味；没有苦，诗无法成形，成立。梦牛的诗是在苦中成形与成立的，同理，这一段话，如果将苦改成善也成立，即，在梦牛的诗里，没有善，诗也是无法成形与成立的。

苦是一盏指路明灯，有人因此明灯而成为诗人，有人因此明灯而成为宗教家。十四年前去世的梦牛爸爸曾经指引过梦牛，二十九年前去世的妈妈曾经指引过梦牛。死也是一盏指路灯，没有哪一盏路灯比这盏路灯更亮，更像路灯。

在梦牛的诗里始终有一种母爱，有一种母性的光亮，也就是母性的温暖。这温暖让他感激涕零，这是人伦的眼泪。是啊，人伦是多么陌生的词啊，这是被毁坏的最珍贵的基础，一言难尽，而且是最难修复的基础，究竟为何？多少关系已经被毁坏。

诗是情感的沉淀物。梦牛是一个有深厚情感沉淀的诗人。他写的爸爸和妈妈是许多人的爸爸和妈妈，他掌握了一种普遍性，用的又是极为清晰的语言，他爱故乡，爱母亲，爱眼前平凡的事物。打动他的是最平凡的生死，他记录的也是最平凡的日常。不夸张地说，他的诗既平凡又神圣，或者看似平凡，其实神圣。他很像意大利诗人夸西莫多，甚至有许多诗比夸西莫多写得还要好。我们其实没必要过于迷信外国诗人，这一点让人意外，但其实也并不意外。意外的是梦牛名不见经传竟能有些诗比夸西莫多写的还要好，不意外的是，人同此心，心同此理，夸西莫多感受到的，梦牛也感受到了，而且表达得不比他差。他俩都很朴实，朴实而且深情。最重要的是，两者都因为善而达到了一种隐秘幽微的清新，两人都不在宏大处发力，而在微小处着力，以小见大，以平凡临近神圣。

梦牛的诗大都短小，所写也都是眼前、身边，甚至手边的事情，他以善来消化它们，以善来改变它们，然后再记录它们。当我们看到这些诗的时候，那个现实经过他的善的改良已经变成了一首诗。我不禁要问，是什么样的一颗诗心将他所经历的变成如此温暖、隐逸、玲珑剔透的一首诗？或许我们可以这样来说，诗心比诗来的还要重要与根本。

总的来说，梦牛的诗处理的是诗与善的关系，诗与生死的关系，诗与故乡的关系。我常常会想起他，想起他平凡又非凡的诗，想起这位平凡又非凡的朋友。他善良、朴实、温和，他的诗也善良、朴实、温和。想到他这个人，我就会立刻想到他写的《郭家沟》，就是这一首《郭家沟》曾经让我数度落泪。诗人是谁？诗人或许就是那个让我们想起母亲的人。请看这首诗：

> 在郭家沟，所有的孩子呼唤母亲
> 都只喊一个字：妈
> 所以在郭家沟，通常会看到这样的情景

一个孩子

站在家门口的土塄边

扯着嗓子,大声地呼唤他的母亲

妈——

声音拖得牛脊背一样长

通常,几声呼唤之后

会从村中或者不远处的地里传来一声

哎——

那是他的母亲在回应他

忙碌一世,我的母亲去了一片自家的麦田里

我回到家,空荡荡的

朝着空荡荡的人间

我喊了几声妈

然后站在长长的后半生

等着传来母亲的回音

  母亲安顿在一首诗里,也许比安顿在家门口的墓地里还要可靠,还要长久牢实。这就是诗的意义,这就是诗人的意义。

2024 年 6 月 14 日

目录

辑一　神秘而任性

- 003　偶得
- 004　神秘而任性
- 005　落叶
- 006　喜悦
- 007　黄昏之诗
- 008　秋天的果园
- 009　人潮汹涌
- 010　满天星辰围绕着我
- 011　仿佛被神摸过顶
- 012　刹那
- 013　明月孤悬
- 014　在林间
- 015　一念微尘
- 016　夕阳下的残局

辑二　七天

019　江山
020　马头琴响起
021　青藏高原
022　情诗
023　大海……
024　万鸟之中
025　灰喜鹊
026　植物志
028　一条鱼
029　野外
030　冬日八行
031　七天
032　观察者
034　很多时候
035　某个清晨
036　回家
038　而我永恒如寂静

辑三　草木之命

041　我不是因为孤独才想你……
042　空气

044　我的母亲从另一个世界来看我

046　给父亲

047　困顿于土地的女人

049　车过襄阳

050　父亲节写给父亲

052　绝句

053　风中

055　故园春事

057　阴雨天想起父亲

059　郭家沟

061　从时间深处走来的雪

062　甜

063　草木之命

064　男人简史

065　一盏灯

066　灿烂

067　蝴蝶

069　最后一次

070　遗像

073　游子吟

075　爱

076　我希望

077　故土

079　现在，我知道我错了

080 清明
081 我从小就见惯了死亡
082 红薯窖
083 珍爱的事物
084 还乡之路
085 牧羊人
086 亲人

辑四 彷徨辞

089 山行
090 月亮又一次走上天空
091 有一次
092 石头记
093 圣餐
094 无足轻重
095 我的朋友
096 新年之诗
097 麻醉记
099 自画像
100 我需要……
102 神奇
103 就在刚才
104 诗

105 耶路撒冷的一次失陷

107 观影记

109 相遇

110 凝视

112 读帕斯

113 杞人新传

114 彷徨辞

115 在蜡像馆

116 奇特的动物

117 中年况味

119 在茶卡盐湖

121 怎么活

122 在尘世

123 一个下午

124 一条大河的旋涡处

125 今夜

126 我的身体里养了一只鸟

辑五 你

129 局限性

131 给西西弗斯

132 新悖论

133 公园即景

134 我是一个愚笨的人
135 一个小人物的祈祷
136 屋锥子
137 火车
138 拊掌
140 刺猬歌
141 竹篮词
142 落泪记
143 吹气球
144 2021年10月18日记
145 你

附录

146 杨键对话牛梦牛
154 杨键再次对话牛梦牛
162 杨键第三次对话牛梦牛

164 代后记：诗人在别处 / 韩玉光

辑一　神秘而任性

偶得

小区里
木槿花开得正好
蜜蜂忙着采集花粉
他将舌尖伸进了一朵花的花蕊

他小心翼翼地
品尝着其中的清香和苦涩
他要赶在花落之前
将生活的味道暗记心上

2016

神秘而任性

有时,走在街上
突然无端泪涌;有时
悲伤得要命,却没有一滴水
抵达眼眶
对此,我能给出的唯一解释——
泪水是神秘而任性的事物
它只在它想流的时候流,而不管
你是否悲伤

2020

落叶

那些落在城市街道上的叶子
被当作垃圾清理了,它们
作为落叶的生命
基本不超过一天
只有落在乡村林间的叶子
才是真正的落叶
它们躺在那里
时间一样安静
它们安静地躺在那里
阳光铺在身上,或者
白雪铺在身上
它们安静地躺在那里
等着牛羊、野猪和野兔来啃食
或者,守着树木根部
悄悄地腐烂

2020

喜悦

这个清晨,我的喜悦来自三种事物
书籍、食品、天空
准确地讲
是读了一首好诗
吃了一枚姐姐包的粽子
走出家门的时候,又看到
天空比我想象的还干净还寥廓

这样的喜悦实在微不足道
然而,因为这喜悦,今日的我
已不同于昨日

2020

黄昏之诗

我看到的晚霞,此刻
有不可一世之美。
孩子们在小区的绿地上
嬉戏,笑声里含着秋日
充沛的糖分。

站在十一楼露天阳台上
我听任渐凉的秋风,一遍又一遍
吹去中年的倦容。
请原谅,我对眼前这些平凡的事物
依然着迷,依然出神——

时间啊,你若爱我
就请顺便爱上它们。

2016

秋天的果园

在秋天的果园里，人们载歌载舞，如此快乐——
有人采摘到了智慧果，他们因智慧而快乐
有人采摘到了混沌果，他们因混沌而快乐
还有人什么也没采摘到，但他也是快乐的
因两手空空而快乐

2022 初稿，2023 定稿

人潮汹涌

有一种鸟鸣,从枝头跌落时
只有灵魂才能将其接住。
有一些事物,只有
闭上眼睛才能看清。
但我不知道这鸟的名字,就像不知道
这记忆中托举着鸟鸣的
玉兰花是何时开的。
它边开边落,边落边开
而周遭人潮汹涌,如不息的大海。

2019

满天星辰围绕着我

我常常想
奔波是徒劳的
远方是虚妄的
一个点,那么小
但它照样是宇宙的轴心
一旦它找到自己

2023

仿佛被神摸过顶

上冻后,羊群就到麦田里
啃麦苗,啃过一块地
又一块地……像一朵朵祥云
落在麦田里。
羊群啃麦苗,牧羊人
心安理得,麦田的主人
也乐意接受
这古老的秩序。
被羊群啃过的麦苗,仿佛
被神摸过顶
开春,长得格外健壮。

2017

刹那

最小的寺庙，一个汉字。

今夜，当我写下"我"，
就是写下：一僧、一寺、一世界。

2021

明月孤悬

天空中,一轮明月孤悬
我爱极了它孤独的样子
明亮的样子,仿佛
孤独也是明亮的

2017

在林间

清晨,林间残存的积雪
仿佛羊群静卧在一首诗中……

我来得正好,这里有孤独的林中路
这里缺少一个孤独的牧羊人……

2016

一念微尘

早晨
在公交站牌下等车的时候
双眼突然涌出泪水。那一刻
清风温柔，尘埃不起
我心中并无悲伤或欢喜之情
为什么会流泪呢？这让我诧异
哎，这个问题思考不得
一思考，我心中便有一念微尘
连累两滴水，无端地
生出悲喜

2022

夕阳下的残局

不会再有结果了,这一局残棋
玄机重重,或者
预知的结果早已尘埃落定。

两个园林工人,一丝不苟地
用红漆和绿漆
细心描绘着
那些石头上的棋子。

春风里,衣甲鲜明的卒子
精神抖擞的战马,仿佛
又在酝酿一场惊天动地的厮杀……

谈论残局的人,仿佛劫后余生的人
夕阳在眼睛里,弥漫着
古老的血色。

2016

辑二 七天

江山

又是这样：点头、低头、磕头与扭头、摇头、昂头，
争吵、争吵、争吵。作为我的参谋，
它们因意见不同而分裂。
又是这样：像历史上那些优柔寡断的庸主一样，
我举棋不定。哎，换作是你，你确定是
一副英明果断的样子呀？
……万里江山，春光正浓。窗外几只蝴蝶死而复生，
而我已亡国一千年。
又是这样：喝着茶、翻着古书，我为我之所亡拍案叫好！
因为震动的缘故，书斋里的空气，像一口老钟
嗡嗡作响。

2022

马头琴响起

琴声响起——
马头琴，成了一匹会嘶鸣的蒙古马
拉琴的人，也成了远古的一个骑士
他在溪流边，在闪电里
策马而行

一望无际的草原，为他写下
孤独与辉煌
夕阳里的琴声，随着几杯老窖酒穿肠入腑
康巴诺尔，不再是康巴诺尔
上面是天苍苍，下面是野茫茫
而我的灵魂正信马由缰
弯今日之弓射昨日之雕

2016

青藏高原

不,他不仅是在磕长头,三步一叩,朝着心中的圣地
他还在无意中,练习怎么收回自己的影子——
当他高高站立的时候,影子从他的身体里一次次挣脱而出
而他,一次次用五体投地的方式,将它收回
……仿佛灵魂。不,那是他的影子牵引着他的身子
一次又一次地拜伏下去

2017 初稿,2022 定稿

情诗

黄河东流去。
我看着黄河东流去。
我看着山峦一再挽留,甚至恳求,
但黄河依然东流去。
结局早已注定。九曲回肠
如同一种别样的悲壮。
这多么像你我之间的关系:
我用一再的挽留成就你的决绝。
我看着你奔向大海。
奔向死亡。
我看着你用死亡染黄了一片海。

2020

大海……

大海不息地运送着浪花，又孤独，又疲惫
不远处神的背影，又孤独，又疲惫
能怎样，又能怎样呢
我束手无策地看着它们
像一个束手无策的神看着
它们

把我的梦境，弄得又孤独又疲惫——
我要返回现实汲取安慰

2021 初稿，2022 定稿

万鸟之中

我停住脚步,给一只白鹅让路
初夏时节,万物繁衍生息
一只白鹅带着它的六七只幼雏
正横穿公园里的柏油路
这些年,我习惯了给人让路,给车让路……
给一只鹅让路,还是第一次
它嘎嘎叫着,大摇大摆地
趾高气扬地
从我面前走过,那感觉
好像就该我给它让路似的
这呆头呆脑的家伙,生性笨而执着,有时
还狂妄自大
这一点,我如此熟悉
我停住脚步为它让路,除了因为它是一位母亲
还因为,万鸟之中,只有它
与我共用一个"我"

2021

灰喜鹊

深秋的林道旁
一只灰喜鹊欢快地进食
这是一个美好的季节:虫蚁遍地,草籽丰盈
此刻,它是幸福的,满足的
就连"呷""呷"的鸣叫声也透出
掩饰不住的喜悦。再过一段时间
饥寒交迫的冬天就要到来了,它将带着
这满足与喜悦
消化生命中一段灰暗的日子
它如此单纯——
而我的不幸,正是因为我考虑的太多

一转眼,它又捉住一条虫子

2022

植物志

它们把名字挂在脖子上,渴望被人认知
——在冬日,在公园,在寂寞里
这些站在小雪中的植物

哦,这是红枫,这是女贞,这是栾树
这是水杉,这是火棘……

我想,这棵树一定很担忧——
黄色的名片上遗忘了它的名字
它的身体,犹如刷了层明亮的黄漆

而这株长得和野杏树一样的植物
当我读出它的名字
刹那间,它的身躯颤抖了一下
随之在一阵风中晃动起来

它有一个让人格外疼爱的名字
——美人梅

2016

一条鱼

它死了
我看到它的时候它已死了
正随着清冽的湖水不停地起伏
肚皮朝上，仿佛一个仰泳者
二月的春风，吹拂着它的死亡
藏匿起它死亡的原因
天那么蓝，在它还活着的时候
始终背对着天空
现在，它像一个惬意的仰泳者
身体伴随着湖水轻轻起伏
哦，是死亡为它带来了难得的改变
你看，由于死亡的帮助，它终于
获得了翻身
也许死亡本身就是翻了一个身

2023

野外

无名的野花开在坟头,残缺的碑文抱着墓碑
太行苍茫,夕照温柔。我默立片刻
如同天地间一种不宜发声的祭奠——

2019

冬日八行

几年前,在晋城二中门口,一个有霜的清晨
一只流浪的白色泰迪犬,围着我
欢快跳跃,如尘世的浪花,并毫不客气地
把头枕到我脚上……我多么怀念它
它一定是我转世而来的亲人
它给予我热气腾腾的爱和信任
然后又转身离去,像流星划过我生命的天空
永不再回来……

2018

七天

七天时间

够干什么呢

够上帝创世纪

够一只蚂蚁走完一生

够小杨和小丽相识相爱

又生死分离

2017

观察者

当我写下
一只蜗牛爬啊爬,终于
爬到一茎草叶的最高处
那一刻,深渊匍匐于其身下
星斗悬挂于其犄角

当我写下
一只蚯蚓被命运的刀子
断为两截
一截向东,一截向西
它们各奔东西,没有丝毫犹豫

当我写下
一只江南的蚂蚁来到北国的大地上
它匆匆赶路,并不知道
人类的大脚即将踏下

当我写下这些卑微的生命，其实
就是写下自己——
我也曾被高处的事物吸引
我也有自相矛盾的一面
我也在一刻不停地奔向死亡……

2019

很多时候

很多时候,我们也这样欺骗自己
对同类的遭遇
选择了视而不见
仿佛他者的死与自己的生
远隔千里万里:在菜市场
我们看到
几只芦花鸡,安静地啄食、啄食
在笼子旁的大红桶里
传出的沉闷的鼓点声中
桶里
刚才也是笼中的一只
被卖鸡人割颈,放血,扔了进去
扑腾、扑腾,正做垂死挣扎
此刻生与死的距离
大约一米

2018 初稿,2022 定稿

某个清晨

你的悲伤不是我的悲伤
天南海北,我们并不相识
但你的悲伤
仍然打湿了我的眼眶
……黄叶纷飞。而你生命的夏天还未到来

2020

回家

夕光里的公园。
一只蚂蚁,拉运着死去的另一只
无意中进入我的视线——
也许是累了
它将同伴放下,围着转了两圈
像是一场仪式。
接下来
它继续前行,它的嘴钳
多次松开沉重的尸身……
像一场波折迭起的惊险剧!从水泥路面转入草丛
一株株小草,成为它的悬崖绝壁
我看着它
一次次攀高就低,一次次
几乎陷入绝境。
当它返身
找到掉落在草丛中的伙伴

我的一颗心,也忍不住为它紧绷——
哦,回家的路
如此艰辛,是什么力量
让一只小小的蚂蚁
对死去的伙伴不离不弃?
它慢慢走出我的视线
天色也暗了下来,四周喑哑
仿佛另一场仪式即将开始……

2016

而我永恒如寂静

半夜醒来,幽灵一样站在窗前,看着深爱过的人间——
这一刻,星辰隐匿,灯火明亮却停止了闪烁
世界寂静如永恒,而我永恒如寂静
这一刻,我差点相信:我已通过死亡再次诞生

2022 初稿,2023 定稿

辑三　草木之命

我不是因为孤独才想你……

镜子没了,而我还在;你没了,而这尘世还在。

想到我会活得又老又孤独,我就忍不住哭泣;
想到你会躲在暗处看着我,我又一次忍住了哭泣。

2021

空气

雪在夜里
落下的时候
父亲已安息在故乡
新鲜的泥土下

一场雪,落下,又消融
会很快
仿佛人的一生
但我知道雪
不会真正消失
它只是转化为水,又融入万物
生生不息
这宇宙的奥秘
使我相信:父亲将以新的形态
继续他的存在
也许明天

父亲又进入我的身体

——他是水，也是空气

2021 初稿，2022 定稿

我的母亲从另一个世界来看我

我的母亲
从另一个世界来看我
她不说话,只是站在床边看着我
一副怯生生的样子
让我百感交集
曾经,在她去世之后
有一段时间,在梦中我苦苦将她寻觅
我以为她是不堪家庭的重负
而离家出走
现在她回来了,悄悄地站在床前看着我
她以为她的小儿子在熟睡,其实
我也正悄悄地看着她
即使在梦中,我也知道自己流泪了
却不知她是否察觉
——我的母亲依然爱我
她怯生生地看着我

像一个因为太久不见几乎不敢相认儿子的母亲
她怯生生地看着我
像一个仿佛真的因为离家出走
而心怀愧疚的母亲

2020 初稿，2022 定稿

给父亲

你活着的时候,用打铁的手打我
怎么打,也打不掉我的倔强和生硬

现在好了,生活替你把我打成了一块熟铁
我温柔顺从,像一根镀锌的铁丝

2018

困顿于土地的女人

母亲站在田埂上,锄头在她的手里
挥起,又落下。已是深秋
田野空旷而荒凉
只有微风吹动着她的白发
只有枯黄的茅花
怀抱着无数光线
她一次又一次,重复着
这古老的动作
在劳作的间歇,她偶尔抬起头
看见蓝水晶做成的天空
有一只鹰,正盘旋上升
她仰望着它——继续高飞
直到看不见一点踪影
这个养育了五儿一女
一辈子没走出过家乡
一辈子困顿于土地的女人

在尘土飞扬的生活中，也曾因为一只鹰
久久地，仰望过浩渺的天空

2017

车过襄阳

一觉醒来
列车正经过冬日的襄阳大地
麦田青青，一望无际
那些从历史深处扑面而来的
风流人物，他们的母亲
是否也曾这般将他们呼唤
千年之前，当他们还在襁褓之中
他们的母亲
就像车厢里这位年轻的母亲一样
轻声呼唤自己的宝宝
"讨厌鬼""小屁屁"
一遍又一遍，如此地亲昵
而那个曾经也这般呼唤过我的人
正沉睡在北方的麦田里

2022

父亲节写给父亲

这是一个与你有关,但你
毫不知情的节日。你的节日,除了清明端午
就是中秋春节,就像你的一生
除了种地,就是打铁

是的,打铁。你打了一辈子的铁
打了无数的盘珠,打了
无数的镢锄刀耙
经过你的手
无数块废铁,变成了生活的好手

"叮咣""叮咣"
多年以后,我依然记得你光着古铜色的膀子
左手掌钳,右手抡动铁锤的样子
明亮的汗珠
从你消瘦的下巴

不停地掉下来……

你在打铁，铁也在打你——
你的两条腿，风湿疼痛变形，早早就变成了
罗圈的形状
而你，也有了一块铁的脾气
好多次，把我们碰得生疼

去年国庆，在市博物馆冶铁工艺展厅，看着那些
似曾相识的铁砧铁钳铁尺和桐木风箱，看着
一个老人
在电视里絮叨着打铁的故事
我突然泪流满面
——那一刻，我真的想你了

多年父子，你没怎么赢得我
内心的尊敬。但现在，我总是用中年的心境
一次次，试着去理解你
尽管我们之间，横亘着47岁的年龄差距
横亘着
阳与阴，生与死……

2016

绝句

记不清什么场合了,只记得
已年老的母亲,托举着年幼的我——
那情形,就像多年之后
古老的地球,托举着她崭新的坟头

2023

风中

穿过父亲身体的风
又开始穿入我的体内。走路的时候
左腿关节总是发出
隐秘的嗒嗒声,恍若父亲在我的身体里行走
怕湿,怕冷,怕风……
如此地越来越像,父亲
在我的个头、容貌与你相像很多年之后
如今又加上这日渐罗圈的两条腿
就仿佛,生命在同一个圆圈里打转
父亲,你我皆为肉体凡胎
无法抵御岁月之风穿过我们
但又能怎样呢?风中
想起你曾经骑过的那辆飞鸽牌自行车
村里的第一辆自行车
它和你一样老了
时间磨损了它的车胎,刮花了它的车辋

你年届花甲，却依然可以让它风驰电掣
那时候，坐在车梁上的我
耳畔刮过呼呼的风声
父亲，我感觉我们就要飞起来了
风并没有阻挡我们
我们从风中穿越

2018

故园春事

没有什么是永恒的
没有什么不可以永恒
包括生死
我的母亲忙于
在生与死之间来回穿梭
她白天安息在故乡潮湿的泥土下
晚上经常来到我梦中
她的银发,鲜亮如晨光
照亮我未知的世界
我熟悉而又陌生的母亲
昨天夜里对我说
你要相信死去的事物依然活着
当我走出家门,果真就看到
几年前枯死的三株老杏
又开花了,且繁华胜昔
白花花的杏花

在三月的春风中轻轻摇晃
——拒绝死亡与遗忘的杏花

2019

阴雨天想起父亲

那个一大早就坐在屋檐下骂骂咧咧
骂声像秋雨一样的人,那个早早就谢了顶的人
那个一丁点火花就能把他引爆的人
那个养育了五儿一女,遇到坏事焦虑
遇到好事也焦虑的人
是我的父亲,让我有时忍不住就想憎恶的
父亲——

生活教会我理解与宽容,可惜
成长的过程何其漫长

现在,我已原谅了他的坏脾气,学会
以中年之身体味生活加诸于他的各种困窘
现在,我甚至想与他像一对敞开心扉的父子那样
聊一聊家长里短和人间生死,而他
我的父亲

离开我的生活已很多年了

现在，遇到早早就谢了顶，为生活焦虑暴躁的人
我会多看一眼

2017 初稿，2022 定稿

郭家沟

在郭家沟,所有的孩子呼唤母亲

都只喊一个字:妈

所以在郭家沟,通常会看到这样的情景

一个孩子

站在家门口的土塄边

扯着嗓子,大声地呼唤他的母亲

妈——

声音拖得牛脊背一样长

通常,几声呼唤之后

会从村中或者不远处的地里传来一声

哎——

那是他的母亲在回应他

忙碌一世,我的母亲去了自家的一片麦田里

我回到家,空荡荡的

朝着空荡荡的人间

我喊了几声妈

然后站在长长的后半生
等着传来母亲的回音

2021

从时间深处走来的雪

落在母亲身上、我身上和女儿身上的
是同一场雪

这世上
哪有不爱雪、不玩雪的孩子呀
当外婆把母亲的,母亲把我的,妻子把女儿的
冻得通红的小手
捧在手中呵着,掖进怀里暖着时
从时间深处走来的雪
还在下着,纷纷扬扬
天地间的雪是同一场雪,人世上的
母亲是同一个母亲

2019 初稿,2022 定稿

甜

甜!
1994 年腊月。北风呼呼地吹着
破旧的窑洞中
母亲把几粒葡萄干
抿在嘴里。
那是我从石家庄带回的,那是
她第一次吃到葡萄干
也是最后一次。
半年后,她将失去她的生命,而我
将永远失去我的母亲。
她慢慢地,慢慢地
咀嚼着,半天也舍不得咽下
——幸福的神情,一时遮盖了她的愁容。

2017 初稿,2023 定稿

草木之命

在父亲去世的第三年,母亲去世的第十七年
我们在父母坟墓旁栽下
六棵柏树
左右各一棵,后面一排四棵
六棵柏树,替我们兄妹六人
守护在父母身旁。一晃多年过去
这六棵树,有的被春耕的野火
烧得剩下半条命,有的困顿于杂草丛中
始终未得其势,也有一两棵
冲天而起,巍然挺拔
这情境,就像我们兄妹六人
人各有命

2020

男人简史

一个男人
如果不曾一个人偷偷地流过泪
那只能说他还没有遭遇过
辛辣的生活
少年时,我有一次看到
父亲在厨房里独自流泪
泪水汹涌,无声
他给我的解释是
眼睛被洋葱的气味呛着了
那一刻,我天真地相信了
这些年我常常思索
那天厨房里是否真有个切开的葱头
而一个孩子,要经过多少时光的磨砺
才能窥见生活的真相

2020

一盏灯

我看见一盏灯点亮自己
在沉寂太久之后
仿佛从大梦中醒来
它发出十五瓦的光,顺利地找到
窑洞里那些已隐身的事物
喜结连理的灶台和土炕,盛满清水的陶缸
倚在墙角瞌睡的农具,窗台上
浸透月光的作业本
就连掉在地上的青丝、白发
笑声、叹息
也找到了,如果它愿意
还可以把那些消失的身影找回来
让他们
在昏黄的灯光下再次相聚

2020

灿烂

那一刻,生活的苦难黯然失色
大爷咧开豁牙的嘴
面朝天空
笑,灿烂地笑
像试穿一件新衣
像试躺一张新床
他躺在
刚刚打制好的榆木棺材里

2018

蝴蝶

多少年了,时光
也无可奈何——
我们像两只恩爱的蝴蝶
在家门口的公园里
爱上那些次第绽放的花朵。
爱上——
菜花,韭花,豆花,葱花,油花
这些朴素的生活之花。
爱上了,悄悄落在头顶的
雪花。
亲爱的,我们的小蝴蝶
也长大了,女儿
已经明显高过了我们,我们正在老去
但我们依然相信爱
像江山一样,从不会老去。
有一天,当我们走不动了

彼此的翅膀依偎着
听曾经的一首老歌——
"你是我的蝴蝶，我是你的花……"
多少年了，我们还没有听够
一只蝴蝶
对一朵花立下的誓言。

2016

最后一次

战友们最后一次来看他
和他一样,都老了
年逾古稀
他们带着白发
和久别重逢的心情
回忆起昔日的军营生活
他们清脆碰杯,大声说笑
仿佛死亡是很遥远的事
他们很快乐,他看着他们
也很快乐
但他的快乐是安静的
他刚刚走到墙上,坐进一张
据说叫作遗照的椅子里

2022

遗像

姥爷成为我心中的英雄是三十年之后的事
此时,他只是一个普通的糟老头
和当地那些老年人一样
厚厚的棉袄外勒着护腰,头戴一块
白羊肚头巾,看上去有些肮脏、陈旧
他试图把风抵挡在身体之外
却又无能为力,不得不对岁月低头弯腰
他来看望他的大女儿我的母亲
坐在我家炕上,坐在我的记忆中
烤着火,或者,"咝咝"地抽着旱烟
然后把烟灰轻轻地磕进火膛中
那么老,我担心他被什么东西轻轻一磕碰
就会化作灰尘、化为乌有
这个解放前当过村上民兵连长
参加过淮海战役,冒着枪林弹雨
把自己像红旗一样插上济南城头的人

此时,只是一个普通的糟老头

英雄这个词与他没有丝毫关系

他像故乡的一块土坷垃一样,真是普通得不能再普通了

从我的村庄到他的村庄

从郭家沟到西山村,有六七里的路程

还需要翻越一座山岭

母亲安排我搀扶着送他回去

这是我一生中与他共同走过的唯一的行程

但一路上,我们几乎没有说话

是的,说什么呢,关于他的人生

我所知甚少,只知道他是我的姥爷,只知道

他有一副好牙口,衰年依然嚼得动炒玉米

嘴里发出"咯嘣""咯嘣"之声

让人为之叹服。而我

只是他二三十个孙子外孙中的一个

他甚至都叫错了我的名字,那么多孙辈

他没有精力把每一个都关心到

天色向晚,山路崎岖,他缓慢地挪动着脚步

呼吸有些沉重,甚至气喘吁吁

在接近西山村边的时候,他让我止步

最后一截路,他坚持要一个人走回去

暮色中

我看着他佝偻的背影,像一帧遗像
在九十年代初的冬天缓缓消失

2022

游子吟

每年清明。游子归来。
"乡音未改鬓毛衰"的游子。一口普通话的游子。
谁家的坟头,插着几束好看的花。

故乡,正成为一座空山——
鸟鸣渐稠,人语渐稀。
地下的祖宗依然沉默。而这些游子,

似乎比死去的亲人更需要那些坟墓。
需要它们,证明:此地是故乡,
血脉所在的祖国,
自己不是一个出生在异乡身份证上的人。

上坟的路上,一位年近九旬的老人家,
像一面生锈的铜镜。

几个不知身在几服的年轻的游子悄声惊叹：
"几年没看到，原来老人家还活着！"

2020 初稿，2022 定稿

爱
——一首听来的诗

清明前一天
母亲梦见了父亲
离世三十多年的父亲
她看见父亲在那边一个人孤零零的,形影相吊
醒来,母亲哭了
而在同一天夜里
父亲来到我的梦中
他问我的工作,孙子们的情况
临了特别叮嘱我
照顾好母亲,是的
满头青丝的父亲叮嘱我照顾好
白发苍苍的母亲

2022

我希望

我希望他们在我的遗忘里
永远活着
那些我曾爱过的人
可是啊，总有好心人
用事实，向我证明他们再次死亡
唉，这些好心人，甚至包括
他们的亲人

终有一死——
亲爱的，如果有一天我不在了
我希望你将我的死亡，缄封
或者，彻底遗忘

2020 初稿，2021 定稿

故土

二十年前,我从故乡带回一抔黄土
把它撒在小区绿化带里

十年前,我从故乡带回一株幼榆
把它制成盆景,养在家中阳台上

……我用零敲碎打的方式搬运故乡
把她捂在我的胸口。事实上

我在这座城市生活的时间,已经远远超过了
我在故乡生活的时间

就像我的故乡安放了我的幼年、童年和少年,这座城市
注定收容我的青年、中年和老年,我的血肉和灵魂

不知道二十年三十年后,我又会从故乡带回些什么

把它们安置在这座我栖身的城市

我能确定的是，百年之后，倘若我有幸魂归故里
我一定也会对这座城市深深凝望，恍若凝望此刻的故乡

2023

现在,我知道我错了

很多年来,我一直认为
所谓远方
是遥远又陌生的地方
比如:天之涯,海之角
很多年来
我的一颗心
总是想着比遥远还远的远方
现在,我知道我错了
故乡,才是我真正的远方
我可以走遍千山万水
却永远无法抵达近在咫尺的
故乡

——我的故乡,已成默片;我的双亲,已是故人

2021

清明

一些坟头彻底消失了,一些庄稼
已经替代了它们。
这世上,没有文字、血脉和香火
可以证明那些生命曾经活过。
阳光下,青青禾苗,风中摇曳
仿佛大地的户籍员正在点名——
点了地下的逝者,又点着地上的来者。

2018

我从小就见惯了死亡

我从小就见惯了死亡
家住土地庙旁,村庄太小
我总是先于土地公公
接到死亡的消息。每次出殡前
孝子们跪在庙前
白花花一片,仿佛三月杏花开放
我知道,这小小的土地庙
只允许灵魂进入的土地庙,是那些逝者
辗转另一个世界的通道
人鬼殊途,他们似河流潜入地下
但未必就消失了。在一片
似悲似喜的哭声中
我坐在门前,想象着另一个世界
想象着另一个世界的生活
眼前浮现的,却尽是那些人间的面容

2019

红薯窖

朋友讲起他们本民族的
安葬形式：在地上挖个垂直的深洞，
洞底再挖个横穴，
把死者小心地放进去……我想到了红薯窖。
安葬一个人，和贮存一堆红薯，
多么相似。少年时代，
我曾在家中的红薯窖中待过，
曾在那个天然的恒温库里
甜甜睡去。
大地之中，黑暗而神秘。
躺在里面的人
或生或死，何其相似。
像长累了需要休息的块茎，
像藏起来等待发芽的种子。

2018

珍爱的事物

我看见风
搬运来沙土
把一个孤寡老人的坟头
一点一点掩盖
形成一大片平缓的沙丘
从此,别人找不到这坟头的踪迹
更寻不见那老人的影子

大地空旷,晚风寂寂
对过于珍爱的事物,我们会藏起来
风也一样
它把他,藏得很深

2018

还乡之路

白杨树
被季节摘光了叶片
就像此刻光秃秃的黄土高原
只有几只喜鹊,在枝头间
鸣叫跳跃。北风呼啸
送来隐隐哭声。在这里
生命像星辰一样诞生,转眼间
又像烛火一样被熄灭
——再往前走,就是故乡了

我的泪水夺眶而出,为这亘古不变的喜乐与荒凉

2016 初稿,2020 定稿

牧羊人

他放了一辈子羊
也和羊说了一辈子话
东家长,西家短
当他说到跑了的妻子,早夭的儿子
他看到羊的眼睛里
泪珠滚滚

这个孤寡老人,死后被埋在了半山腰
羊到他的坟地里吃草
这些羊,是他放过的羊的
子子孙孙
它们咩咩地叫着,身穿白衣
仿佛一群披麻戴孝之人

2017

亲人

他们勤劳。他们善良。
但那又怎样?
命运偏偏喜欢玩恶作剧,
他们一生贫困交加。
"好人没好报,恶人活百岁。"
即便如此,又能怎样?
他们照样勤劳。他们照样善良。

2020

辑四　彷徨辞

山行

这时候
山中只有两人
我,和我的影子
互相关照,彼此沉默
我们缓缓地走着,任凭春风
吹过半醒的桃花,吹过半醒的我们

2021

月亮又一次走上天空

月亮
又一次走上天空
而我,又一次发出自己的诗歌

在茫茫人世间
我的心境有时就像月亮
它用一次次走上天空的方式
证明自己的存在,而我用诗歌
不过,我经常会销声匿迹一段时间
体验那种被遗忘的死亡
事实上,也没几个人知道我
——我沉迷于这游戏和时间的真实

不同于那些自以为会不朽的人物
我在活着时就确认了自己的死亡

2023

有一次

我喜欢做梦
尤其是,荒诞不经的梦。
诚如古斯塔夫·勒庞所言:"有时不真实的东西
比真实的东西包含更多的真理。"
有一次,从梦中醒来我哭了——
唉,在梦中我那么贪生怕死
可耻地背叛了自己:跪在了一尊
面目狰狞的神像前。

2021 初稿,2022 定稿

石头记

我一生的所作所为,无非就是这样——
把一块有棱有角的石头,尽可能打磨得精致而光滑
然后,亲手把它摔碎,制造出更多棱角……

2021

圣餐

现在,我时常有这样的感觉
他人即我,我即他人,很多时候我们无法被区分
现在,我的一颗心比以前温柔多了
但我仍然不得不对我,和梦中的我
心怀警惕——

有一次,我在梦里侮辱了一个人
却在梦醒之后,流出了被侮辱者的泪
滚烫而真切的泪
作为施辱者,我和那被辱者一样
领受了同样的伤害,就像领取了
同一份圣餐

2019 初稿,2022 定稿

无足轻重

我悲伤：法桐逼死了椿树、柳树和槐树
我欢喜：红绿灯进化出了爱心形状
别问我到底想说什么，反正
在这日新月异的人间
我有茫茫心思，爱恨不定
多么无足轻重——我的欢喜和悲伤
像一片叶子在森林里摇晃

2021

我的朋友

万物喑哑,沉默如世界的真相。
而我的朋友心有不甘,一再
搬起石头砸自己的脚。
——只为在深夜里,弄出一些声响。

2018

新年之诗

我确信：终究是诗歌而非生活
教会我如何生活

新的一年开始了
2022换成了2023，而我
依然还是我
抱着自己的残，守着自己的缺
所谓：江山易改，本性难移
更确切地说，是换汤不换药
任凭一换再换的时光将我熬煎
依然还是老样子
孤独、清高、傲慢——
曾经是我的病，现在是我的药

2023

麻醉记

一场死亡般的睡眠
我经历过
屏蔽了现实的风吹草动和梦的骚扰
睡得那么深沉、纯粹
以至于自己和这世界都被轻轻略过
仿佛百年之后
这只是一次普通的肠镜检查
苏醒的瞬间我不得不重新面对生活
像一场润物无声的春雨
我的生活
因为心境的改变而改变
"闭上眼,好好睡一觉。"
一个白衣天使,温柔的话语将我催眠
假如没有苏醒,这就是死亡喽
不,这本身就是一次短暂的死亡

这世界和一个叫牛梦龙的人
曾被我轻轻放下

2021 初稿，2022 定稿

自画像

正如你无法理解我,有时我也无法理解自己——
我呀,左半身是佛陀,右半身是悖论

2021

我需要……

我需要一场大醉,烂醉如泥,以此证明
不惑之年,我终于开始清醒

我需要一场大赌,把自己押上去,以此证明
一个人的一生,没有什么可以输不起

我需要一条路,走到灯火阑珊,以此证明
我选择的方向,通往星辰

我需要一个影子,不离不弃,以此证明
"德不孤,必有邻。"

我需要一个妻子和一个女儿,让她们幸福,以此证明
我是一块夹心饼干最甜的部分

我需要一个坟墓,让我一次又一次跪下去,以此证明

贫贱的父母是这世上最尊贵的神,值得我一再为之俯身

面对突发事件和灾难,我需要一再克制,以此证明
我正努力成为一名成熟的公民

面对那些被侮辱与被损害的,我需要藏起两片海水,以此证明
"现在,还不是哭泣的时候……"

2018

神奇

想到我老了,我的名字
似乎也变老了
想到年幼之时,我的名字
也仿佛刚刚钻出地面的小草
——阳光下没有新鲜事
想到我的名字,可能是前人用过的
也的确是前人用过的
想到被我用旧了的名字,已经套住,即将套住
一具具新鲜的肉体
——我呀,就忍不住要赞叹这生而为人的神奇

2020

就在刚才

就在刚才，一只饥寒交迫的生灵
用它的肝肠寸断
呼唤我
将流浪的它领回家
声声呼唤，揪人心肺
当我突然梦醒
那一声紧似一声的呼唤
瞬间消失了
整个世界也陷入静默
我知道，自己产生了幻觉
刚才并没有一只真实的生灵
而是这梦幻
或者我那流浪的灵魂
需要我用血肉之躯
将它供养

2020

诗

需要感恩的事物很多——
比如生活,曾对我露出尖利的爪牙,
却无意要我的命。比如命运,
让我的前半生,像坐过山车,像场悲喜剧。
父母亲人,大地星辰,自不必说了。

还应感恩即将来临的后半生,让我
有机会重整内心的山河。

今夜,我要感恩的是一首诗,
感恩它虚无中的存在,
一首热气腾腾的诗,也许算不上佳作,
但我心中仍充满感恩
——它选择由我写出,而不是别人。

2018 初稿,2022 定稿

耶路撒冷的一次失陷

守城的敌人
仿佛集体消失。
城墙上，空空荡荡
看不到一个犹太人。
既无明枪
亦无暗箭。
没有遭遇任何抵抗，甚至
连劝降的把戏都不需要上演
埃及大兵
托勒密·苏特尔的军队
不费吹灰之力
就拿下了耶路撒冷。

那一年是公元前 320 年
那一天，正好是个安息日

守城的犹太人拒绝打仗
——他们,要礼拜上帝。

2017

观影记

孤独让我们相遇

空荡荡的影厅

六个人,三男三女

这么说

多么浪漫和诗意

请允许我,称作我们

哦,萍水相逢的陌生人

这是一部过于小众的电影

蓝眼睛的主人公

置身于人群的孤岛

此刻我们也显得分外孤独

如同寂寥的星辰

说真的,主人公悲怆的命运

加深了我的忧郁

我渴望与你们的灵魂握手,以此证明

我不是一个

被时代孤立的人
但我们分坐在前后几排
深陷于彼此间的距离
深陷于各自的沉默
我们盯着电影银幕,像盯着银河
谁也不看谁

2018

相遇

年轻时,我爱过一个女子
在茫茫人海里
我们,茫茫人海里的两滴水
那时我以为
我们的相遇是两滴水的相遇
一旦相遇,就永远无法分开了
即使分开,也无法再区分彼此
那是春天
花朵朝着永恒的虚无绽放
我们的欢笑、哭泣,都是透明的
也像两滴水
那时,我还不知道
我们的相遇是两条直线的交集
——漫漫虚空中的那么一瞬间

2023

凝视

他们以近乎无名的形式存在
我的日常生活中
有一些鸟,经常看到;有一些人,不时遇见
但我不知道他们的名字
也不想刻意知道,但他们
存在于我的生活里

就像此刻。坐在小区游园
不知名的鸟在头顶和鸣,又一年的春光
鼓荡在几个少年脸上
我听着、看着,心都快融化了
像爱,融化在更深沉的爱里

这些熟悉又陌生的
构成我生命里不可或缺的一个部分
有距离,但恰好;陌生,却又如此熟悉

这正是我喜欢的状态。我想
我于他们,也应如此

昨夜,我曾站在窗前,与宇宙深处一粒无名星子
彼此久久凝视

2022

读帕斯

在一首仅有八行的短诗里
诗人帕斯四次使用了闪电一词
如此突然和密集,仿佛一场闪电的骤雨
大师激情四射,尤其年轻之时
唯有这样的事物才与他匹配
大师用内心的闪电,照亮人类的眼睛
而今我天命在望,已服膺于平庸的命运
如果说对自己还有什么奢望
我希望我的后半生能像故乡山脚下
一眼甚至看不见流水的山泉,它悄悄地关照着
一片巴掌大的地方,开满野花

2021 初稿,2023 定稿

杞人新传

这个下午,我看见一枚落日,
撞上一张巨大的蛛网,
又挣脱。
恍惚中,我隐隐有些担心。
无处不在的欲望。

万物皆有可能成为猎物,包括那枚落日。

2020

彷徨辞
——夜读朵渔《残照记》

我有一件紧绷在身的新衣裳,
穿着它,如同五花大绑,又不得不穿。
我有一腔不合时宜的
旧思想,它让我深陷孤独与沉默,
像一堵无形之墙……"照在脸上的
月光支离破碎。"
在新与旧的碰撞中,我时常产生幻觉:
我有罪。有莫须有之罪。
我听见自己被时代撕裂的声音。
天道杳如黄鹤。狂风折断老枝。

2019

在蜡像馆

太像了，真的太像了——
这个靠在木椅上
睡着的中年人
一动不动，悄无声息
我真的以为是尊蜡像
但他的衣服，又与周围格格不入
蜡像，还是
活人？这是一个问题。就在我
要走过去确认之时
他突然动了一下
哦，仿佛一尊蜡像有了生命
他哈欠连连
仿佛一尊蜡像
也禁不起人世的疲惫

2017

奇特的动物

那些牛羊生活得很幸福
不知疼痛,遑论恐惧
它们悠闲地吃草,散步
在云朵般的牧场,在我梦里
农场主跟着它们
手拿电锯,像锯木头一样
哧哧地锯着它们的脖子
而它们并不觉晓,疼痛拿它们毫无办法
或者虽已觉晓,但认为死于刀斧
是件天经地义之事
它们进化成了宇宙中最奇特的动物
你看,头颅掉到地上
眼睛还在眨
嘴角还在嚅动……阳光明媚,芳草萋萋
在意识彻底丧失之前
它们还在为刽子手唱着赞歌

2017

中年况味

小区凉亭处有株紫藤,每年
花开的时候
我都会到藤下坐一坐
让花影摇落身上。
事实上,我不怎么喜欢紫藤
不喜欢善于攀附的事物
它的花,与农村的豌豆花
也没太大区别
只是感觉它寂寞,所以过去陪它。
事实上,它未必寂寞
也未必需要我
它有一群嗡嗡作响的蜜蜂就够了。
事实上,一个无法回避的
真相是
它陪伴了我的寂寞。
这是我第一次在诗中坦承

自己有点寂寞。而过去
我总把寂寞当成高贵的孤独。

2020

在茶卡盐湖

请允许我
拿这面"天空之镜"
照照自己——

年届不惑,头顶的青丝
多于鬓角的白发
(没有为生活提前愁白头)
脸上的笑容,多于
额头的皱纹
(但我爱这些皱纹,如同爱我的微笑)
还好,时光对我宽容
它赐予我的
远比拿走的多

我的身体里
依然有阴影,但还好

有足够多雪白的盐粒
为灵魂消毒

2017

怎么活

在梦里,被皇帝派人追杀
以莫须有的罪名
梦醒后,爱情又来索命

世界虽大,你说我怎么活

2018 初稿,2019 定稿

在尘世

夜半时分,隔壁传来
一个男人的呻吟和哭泣
在这钢铁水泥构筑的城市
隔壁如隔山,如隔世
一个男人,此刻疼痛折磨着他
这是我所能知道他的唯一信息
我不愿做过多的猜测
生而为人,谁能没有疼痛呢
只不过,有人喊了出来
有人还在隐忍

2018

一个下午

那漫长的下午,正好够听一首歌。
反复播放,仿佛时间
像陀螺在原地打转。我看见明亮的光线中
尘埃浮动,经过漫长的选择
它们落到我身上……

从去年窗前走过的人
永不再回来。哦
万年青开白花,据说
宇宙也会进入倒计时。

我想起雷蒙德·卡佛曾经心有不甘地喃喃:
"我们消失得这样快。
这样快,就走完了全程。"

2018

一条大河的旋涡处

在人类史上的某些时期
向窗外眺望
也是一种罪,听到看到真相
说出,更是罪上加罪。人人皆是
戴罪之身,就连天使
也因骄傲自负而有罪。
谁无罪呢?只有
魔鬼,因为世人用无数鲜血
替他们洗白罪恶而无罪。

2020 初稿,2022 定稿

今夜

一滴泪,从沉沉夜幕上飞过;两颗流星,从她的脸庞上滑过——

我的心深深地颤抖。
这两件事物,并非互为隐喻,它们之间
不需要"仿佛""就像"这样的副词或连词。
它们,是我此生此刻的所见
是一颗流星与另一颗流星,携带着"燃烧的尖叫"
在我心中同时撞击。

2021

我的身体里养了一只鸟

这只养在我身体里的鸟
它鸣叫
我替它张开嘴,它飞翔
我替它扇动翅膀状若凌空
它沉默时,我把自己变成一块石头
……我可以替它做很多事
除了死亡。我现在还不能死啊
因为我还没真正活过
我还没挣脱自己的囚笼
像一只鸟,挣脱天空

2019

辑五　你

局限性

星空浩瀚……我能辨认出的天体
至今不超过四个,还是我
少年时认识的
太阳、月亮、北斗七星和启明星

大地辽阔,我行走了四十多年
才走到离故乡几十里的地方
郭家沟,那个百十号人的小山村
有许多新生的孩子,我已不再认识

人海茫茫,我能记得生日的亲朋
也不超过十人,包括
活着的和辞世的

年轻时,一心想抓住整个世界
现在,我终于知道

有一天,我会连一双筷子也抓不住
连自己的身子
也抱不紧

……我承认我的局限性。这并不羞愧
我爱宇宙中未知的事物,但更爱
生命中那些熟稔的部分,我爱
它们
在我的心上默默地发光,默默地死生

2018

给西西弗斯

多么羞愧,西西弗斯
我还没找到命运中的那面山坡
巨石在我背上、怀中、肩头、脚下……
而我还没找到那面山坡——
如果没有那面山坡,它怎么滚上滚下
好让生活在不断的悖论之中获得意义?

2018 初稿,2020 定稿

新悖论

阿基里斯永远追不上一只乌龟
上帝能创造出一块他搬不动的石头
你说:"我在说谎"
……这些我都相信,可是对自己作出的判断
我不相信,就像不相信
墙上张贴的"禁止张贴"的标语

2019

公园即景

一样的。这些树
这些高的、矮的，开花的、不开花的
落叶的和常青的，本土的和来自异乡他国的
树。在这里，它们的作用是一样的
为人类贡献景观。（造型真美
游人忍不住赞叹）
在这里，它们的遭遇也是一样的
无一例外，不得不接受被设计
被修改的命运。它们的生长，怎么生长
不由自己。（它们的尖叫与疼痛
似乎无人听见）。风起的时候
所有的树木都在颤抖，它们身上的伤口
已化作眼睛：大的小的眼睛，睁着的
和假装闭上的眼睛

2022

我是一个愚笨的人

据说，树獭是世界上睡眠时间最长
感知也最迟缓的动物
受伤时，它在睡觉
醒来时，才发现自己受伤了
哭泣时，伤也快好了

2023

一个小人物的祈祷

一束强光射过来的时候,他成功地扭开了头
又射过来,又扭开了……
多么幸运,所以他祈祷
他只是一个小人物,没有与强光对视的勇气
只想按自己的方式走完此生
所以,他祈祷自己能一直有好运气
在强光射过来的时候,每次都能成功地
扭头避开。他是一个小人物
不习惯昂头,但也不习惯低头

2022

屋锥子

每年冬天,一场厚厚的雪落下来
然后消融,又结冰。记忆中的屋檐
通常会挂满屋锥子
如同生活本身,一段异常凛冽的日子
让柔软的事物
变得尖锐。哦,屋锥子
尘世的冰锥子,通常现身于背阴处
特别寒冷的时候也有例外
正如万事皆有例外。冬日里
生活的屋檐下,人们进进出出
一排长长的锥子就悬挂在那里
尖锐、透明,虚张声势
仿佛要扎住什么,本质却依然是水

2021

火车

我的世界并不拥挤
在一列九十年代的绿皮火车上,也是如此。
过道里挤满了人
但拥挤是别人的事,我总能
找到属于自己的空间
一排硬座之下,一张捡来的报纸
成就我的卧铺。这是一个
没有竞争的区域。
铁轮与铁轨的摩擦声
如此清晰。在"哐当""哐当"的节奏里
我怀揣着乡愁和对远方的热爱
沉沉睡去。那时
我没有手表
但总能在火车到站前准时醒来
我两手空空,但肩上扛着沉甸甸的
异乡的红日,像个青春。

2020

拊掌

我有些悲哀。
古人的肢体语言很多我已不会了,
更别说继承古人的风骨了。
就说拊掌吧,其词条详细解释为:
"拍手,鼓掌。表示欢乐或愤激。"
而我只会鼓掌。"鼓掌是指两只手互拍,
表示认可和赞同的一种肢体反应。"
且"掌声的时间越长,就表示越热情越欢迎。"
与拊掌相比,鼓掌这个词,
似乎充满了正能量。
这些年,我的欢乐与愤激都日益稀薄,
我很少大笑,也很少义愤填膺,
我经常两手互拍,但那并非拊掌。
是的,为了向这个世界表示我是合群的,
表示我没有站到它的对立面,

我经常把两手拍得"啪啪"作响,
就像一记记甩给自己的耳光。

2023

刺猬歌

原谅我敏感羞涩孤僻
我隐秘的世界
只对我爱的人敞开
自从生活教会我与失败共处
我便沉溺其中,很多年了
我习惯与我的梦同时醒来
如果你看见一只刺猬坦露的胸腹
那正是我柔软
致命的部分

嗯,我隐秘的世界敞开——
只对所爱之人,或者一把刀子

2020 初稿,2021 定稿

竹篮词

这是我不得不面对的命运
用竹篮去打水。但我并不气馁
我相信
竹篮可以打来水的
打来的水,甚至可以浇灌一片花园

那些水,以点滴的形式藏在竹篮里
用力甩,竹篮会下场暴雨

2019

落泪记

这些年我曾多次落泪
有时
因为不得不把沙子揉进眼里
有时,因为感动于被侮辱与被损害的
卑微者,他们身上闪烁的光芒。
还有几次,则是因为读了一首诗
或者听了一支曲
由是我知道——

美和悲伤一样,具有催人泪下的力量。

2017

吹气球

我在吹气球

梦中

我在吹一个气球

鼓着腮帮，用力地吹

我想听到"啪"的一声

听到破碎之后长久的寂静

就像听到永恒

但是，没有

任凭我怎么吹也吹不破

梦中的我多么执着

明知不可能却又不愿放弃

就那么一直吹着，用力地

吹着……这无谓的消耗的过程

如同我生命本身，那情形

又仿佛一个气球吊着我整个生命

我正悬在空中

2023

2021 年 10 月 18 日记

青春已逝
视若生命的人离我远去
在发小眼中我终于人生逆袭
一首诗，一首很好的诗，曾经到来
又转瞬即逝……

我该悲哀吗，哭泣吗，我该得意吗
那首诗，它是梦幻吗

并非迷惘。今夜，当我又一次写下这些问题
只是因为习惯了自言自语
习惯了，把一个答案
像礼物一样，送给自己

"没有什么会永远属于我。没有，
也不需要。包括我自己。"

2021

你

那年那月那日,我打开自己
把身体里的珍珠
捧给你

而你,只是默默地看着,默默地流泪……
你那么美,为什么也会流泪

2021

附录 /

杨键对话牛梦牛

杨　键：你对童年怎么看？

牛梦牛：童年基本决定了一个人的性格特点。童年时的我，安静、羞涩、孤僻，喜欢自得其乐，喜欢观察大自然。现在，我觉得这一切应该是一种精神意义上的孤独吧。

杨　键：你对故乡怎么看？

牛梦牛：所谓故乡，既指物理上的故乡，也指精神上的故乡。于我而言，精神上的故乡，包括汉语、诗歌和白日梦。

杨　键：你对自己的诗怎么看？

牛梦牛：这些诗，付出了我巨大的情感和能量。虽多是习作，粗砺，不精致，内心有些忐忑，但对自己认准的一些核心的东西，我有一意孤行的勇气。

杨　键：你对传统怎么看？

牛梦牛：作为一名书写者，传统是我的根，从小就背诵唐诗宋词，这些已内化为我的血液。至今记得十几岁的时候，我趴在窗台上，仿着唐诗，涂鸦下自己的顺口溜，那个时候我就充满幻想：希望自己能成为一个诗人。所以，对传统的热爱与继承是自然而然的事。我是在写作了一年多古体诗之后，转入对现代诗的学习和写作的。之所以转向，是意识到古体的形式限制，不适合表达作为一个现代人复杂的生活体验。但在内心里，传统诗歌的精神一直激励着我，而我本人也是一个非常传统的人。我还想说的是，就像对父母基因的继承，使我们既区别于父亲也区别于母亲，正是这种区别推动了人类的前进。作为一名中国诗人，首先需要把传统作为自己的父本，然后找到自己的母本，进行融合。这样才能为传统文明注入新的血液，让传统这棵老树发出新枝，开出有异彩的花朵，结出有新口味的果子。

杨 键：你的诗与时代的关系？

牛梦牛：似乎关系不大，甚至在我的诗里，你都看不出我的职业信息。我的这些习作，基本是直面自己内心，思考生死与存在的，是关乎自己心灵的。毕竟身处时代当中，你说你想一点不受影响，也是不可能的，所以有时也难免在诗中流露出愤怒的情绪。这也与我个人的性格耿直有关。

杨 键：你每天写作吗？

牛梦牛：不一定。由于在银行工作，每天要处理的杂事太多了，加之自己修为不够，每个月也就写几首诗。我只有在内心安静的时候，才能写作，烦躁之时，几乎无法下笔。于我而言，诗歌是静的产物。

杨　键：你最爱读哪些书?

牛梦牛：我偏爱诗歌、传统经典、哲学和人文随笔。尤其偏爱诗人写的散文和随笔。

杨　键：今天的诗人对外国诗人的熟悉程度远超对中国古典诗人的熟悉程度，你怎么看这个问题?

牛梦牛：我觉得主要是两方面原因造成的。一方面，古典诗歌由于格律的限制和题材的相对狭窄，对现代新诗在实操性方面的启示相对较弱一些，不如外国诗歌文本更实用更直接可借鉴。而且新诗本身就是舶来品，这是个不争的事实。另一方面，我们在古典诗歌方面的教育和传承有很大问题，比如说由于诗歌精神的丧失，儒释道精神的丧失，很容易使当代诗人把古典诗歌当作语言游戏，而不是他们刻骨铭心的人生体验。在我身边有不少写古体诗的朋友，甚至写新诗的，就是这样，把诗写成了语言游戏和无病呻吟。但我相信这也只是个暂时现象，最终，诗人们还是会回归我们民族自己的文化的，重新找到这个根，而不是跟风的无根的写作。这个暂时，无非时间再长一些而已。回归是一种必然，汉语新诗的未来是可期的。

杨　键：你如何看文脉在各地的中断，有什么好的解决之道?

牛梦牛：这个问题形成的原因很复杂。我比较悲观。

杨　键：你读《论语》吗?你读《道德经》吗?你读过

佛经吗？

牛梦牛：很早就读过《论语》，去年认真读了一遍《周易》《道德经》《传习录》，最近在读《佛教十三经》，外国哲学书籍也在读。

杨　键：你对人这个字怎么看？

牛梦牛：我把人字看作由三笔画组成，就像奔驰汽车标志里的那个人字形。我的理解：下面的两画，分别是爱与痛，上面那一画，是由爱与痛凝结成的人性升华。当然了，这是我三年之前的理解，我最近的理解是，人字的两笔画，分别由慈悲和智慧构成。

杨　键：你对爱与仁这两个字怎么看？

牛梦牛：爱生仁，仁生爱。换言之，慈悲是人类文明最核心的部分。

杨　键：道与德是汉语的源头吗？

牛梦牛：是的。汉字不同于别的文字，它有象形和会意的功能，所以汉字本身就是道与自然，见心见性。如果把道用智慧这个词替代，把德用慈悲这个词替代，也未尝不可。

杨　键：阴柔与阳刚，孰轻孰重？

牛梦牛：阴柔更重要，这是一种永远不可战胜的力量。

杨　键：现实的真相与生命的真相，孰轻孰重？

牛梦牛：我倾向于生命的真相。现实的真相，有时会遮蔽生命的真相。所以，生命的真相，更需要我们寻找和发现，这也是我写诗努力的方向。

杨　键：儒释道精神在当代汉语的写作里几乎不起作用，如何重建？

牛梦牛：其实不光儒释道，就是别的精神在当代汉语的写作里也几乎不起作用。我们处于一个精神的荒漠时期，丢了儒释道精神，但同时，似乎也没有拿起一种别的精神。要写出真正的当代汉诗，还是得重返儒释道。这个重建，需要有大师级的诗人引领。这样的人物，我认为已经出现了，只是他被严重低估，他的影响力和引领作用，需要时间来成就。恕我不便在这里说出他的名字。

如果不能写出既有中国味道又有现代经验的诗歌，当代的写作者，是不能说自己是当代中国诗人的。通过这几年的阅读，我发现一些诗人重建的努力。所以，对这个问题，我并不悲观，认为有效重建仅仅是时间问题。

杨　键：人性是本善还是本恶？

牛梦牛：我认为核心的问题，是社会环境会影响人性的善恶。好的社会环境会激发善，抑制恶，反之也然。先天的善重要，后天养成的善也同样重要。

杨　键：你的世界观是什么？

牛梦牛：物我皆为一体，内外皆为一体。

杨　键：大部分汉语诗人没有来世的观念，你如何看待这个问题？

牛梦牛：如果没有来世，何以慰藉今生。我们丢掉的，或许正是宝贵的东西。前两年读过美国诗人露易丝·格丽克的诗集，对前世今生的各种描写，让我深为着迷。

杨　键：古典诗歌里有自然之乐与人伦之乐，现代汉语诗歌的欢乐在哪里？

牛梦牛：发现之乐，就是呈现出古今中外诗人从来没有过的发现或经验。这样的回答，可能并不准确。

杨　键：你如何看待诗歌的声音问题？

牛梦牛：诗歌的声音有多种，比如吟诵的声音、歌咏的声音、说话的声音。具体到一首诗，创作的时候需要随物赋形，这个随物赋形，包括这首诗的声音。但不管怎样随物赋形，都需要形成作者自己的音调。一个诗人，形成自己诗歌音调的过程，也是一个找到自己的过程。

杨　键：你认为诗人的精神核心是什么？

牛梦牛：爱与真。爱这个世界，并对它永葆赤子之心。

杨　键：你在诗歌方面的最高理想是怎样的？

牛梦牛：有生之年，能写下一首既有中国味道又有当代经验的好诗，为传统文化这棵大树添加一片小小的新叶。我知道，这个理想对我来说，有点大了。

杨　键：你为什么要写诗？

牛梦牛：作为一个具体的生命来过这世界，我有话要说。我写诗，只是因为我对这个世界有爱，有观察，有我自己不同于别人的体验。

杨　键：你对死亡怎么看？谈谈你经历的印象最深的一次死亡经验。

牛梦牛：我的诗歌里很多次写到死亡。我认为死亡是终结，也是开始。1995年夏天，我从河北邮校返回山西家中，见到了被癌症折磨得奄奄一息的母亲，她已经水米难进，眼神迷离，瘦得真的是只剩下一把骨头了。我抱着母亲痛哭。那时，母亲已处于极度的痛苦之中，但她当着我的面，连呻吟一下都没有。母亲一辈子隐忍、坚强，最后也如此。我知道，母亲生命的终结即将到来。返回学校后，我每天都在等着噩耗传来。一个月后，我永远失去了我的母亲。在那一个月的时间里，我每天惶惶不可终日，若丧家之犬。现在想，对母亲来讲，死亡何尝不是一种解脱，让她从那尘世的拯救般的苦难中解脱，然后在另一个世界，开始她新的生活，未尝不是一件好事。

杨　键：如果有来生，你还做诗人吗？

牛梦牛：是的。作为一个少小就做着诗人梦但年近不惑才开始写作的人，这个回答，我并不觉得冒失。

杨　键：你最美好的记忆是什么？

牛梦牛：记得少年时的某个秋夜，趴在我家窑洞的窗台上写作业，透过破裂的窗户纸，我看见父母坐在月光下剥着玉米苞衣。蛐蛐和鸣，月光如银，他们剥得不紧不慢，说话也有一搭没一搭的，我感觉那一刻他们忘掉了生活中所有的愁和苦。这是他们留给我的唯一一帧安慰灵魂的画面。

杨　键：你的写作是为诗，还是为人生的？

牛梦牛：我写诗，不是为诗而诗，是为了人生。"我不能离开诗歌而生活。它帮助我生活得更具体、更深刻。它塑造了我的思想，活跃了我的精神，为我提供了忍受生活的新方式，甚至让我能够享受生活。"杰恩·帕里尼的这些话，说到了我心里，所以引用一下。不过也要补充几句，写诗的价值更在于，我希望写下的文字能证明：我来过，活过；我爱过，被爱过；我幸福过，痛苦过。我希望通过诗歌来完成自我。

杨　键：你去菜市场吗？

牛梦牛：经常去。周末的时候也会下厨，尽管做菜的功夫很差。

（2021年1月23日对话，本次收录前对个别回答有修正）

杨键再次对话牛梦牛

杨　键：你有多久没有见过牛了？

牛梦牛：我第一次见到牛，大致是1982年。那一年，我老家土地下户，我家分到了（也可能是从大队买的）一头老骡子，有个邻居家分到了一头老牛。我家的骡子第二年就死了，而那头老牛活了好几年，下田耕地，上路拉车，闲了，就躺卧在一棵树下不停地反刍。这之后，我们那个小山村，就再也没有牛了，但有喂骡子的，因为村上有两三个拉板车的。大约到2000年，还有人赶着骡子到煤井下拉车。这之后，骡子也绝迹了。在我少年的印象中，骡子性格急，很适于拉车，牛是缓慢的，更像是农耕文明的代表。最后一次见到牛，是九年前，在沁水历山峡谷，我见到一群杂交品种的牛。作为生命周期不超过两年的肉牛，它们出现在我的视野里。

杨　键：有一天，农民会消失吗？

牛梦牛：我家祖辈是农民。除了我因为考学改变了命运，我的五个哥哥姐姐也都是农民。现在，他们也几乎不种地了，更多时候,他们的身份是农民工。我的侄儿侄女和外甥,虽然有的身份还是农民,但都到了城市或厂矿打工,已经没有一个人种地了,甚至不会种地了。不种地的农民,不住在农村的农民,到底还是不是农民?需要探讨。现在这个时代,农民是无法守着几亩土地生活的。加之城镇化运动,农民涌进城市买房定居,所以农民消失是迟早的事儿。

杨　键:比起从前那一代我们实在是太差了,我想说的是我们这几代人为什么如此之差?请举例说明。

牛梦牛:想起从前那些人活得那么有精神有光芒,我常常怀疑,现在的我们,和他们到底是不是同一物种。羞耻心的丧失、士的精神的丧失,造成我们心灵的丑鄙化。士的精神,我个人定义,是一种为道义而牺牲的精神。现在还有多少人讲求道义,视道义高于生命呢?想起自己也经常陷入蝇营狗苟的泥潭之中,说真的,我有时也看不起自己。

杨　键:士的终结对汉文明意味着什么?

牛梦牛:如果我说士的终结意味着汉文明的终结,估计可能招来谩骂。我的理解是,汉文明不是写在纸上的文明,这种文明的生命力在于践行,这是一代一代的士用他们生命滋养和丰润出来的文明,反过来,这种文明又滋养和塑造了一代又一代的士。从这个意义上讲,士的终结,对汉文明来说,无异于釜底抽薪。汉文明的复兴,有赖于士的复活,否则,我们真的就只剩下故纸堆里的汉文明了。

杨　键：士与知识分子的区别何在？

牛梦牛：看其心中是否有道义。一个人，书读的再多，知识再多，若心中无道义，充其量也就是个知识分子，甚至连知识分子这四个字也配不上，就是比别人知道得多一些而已。

杨　键：我们曾经有《颜氏家训》《朱子家训》，等等，连《三字经》都讲："养不教，父之过。"我们这几代几乎没有什么家庭教育，没有家庭教育对儿女来说，后果是什么？

牛梦牛：经过我的观察，没有受到好的家庭教育的孩子，普遍以自我为中心，对他人缺乏同情心，对父母缺乏感恩心。如果后天再不注重自我修养，基本上就沦为自私自利的动物了。鸦有反哺之义，羊有跪乳之恩，马无欺母之心，他们可能会连这些动物都不如。

杨　键：今天，如果孔老夫子复活的话，你有什么苦水要向他老人家倾诉？

牛梦牛：在古代，士农工商，士为诸民之首，可见尊儒重教之风。曾几何时，很多东西都本末倒置了。斯文扫地非一日之寒。现在讲民族复兴，民族复兴，首赖斯文。

杨　键：我去乡下，看到那里不孝之风盛行，即便儿子孝顺一点，媳妇也会从中作梗。城里的情况也好不到哪里。能谈谈这方面你的经验吗？

牛梦牛：我在故乡了解到的情况，也很严重，甚至用道德沦丧来形容，也不为过。举两个例子。一个年近八旬的老妇人，他的独子和儿媳对她几乎不尽任何赡养义务，种了她的地，却连一粒米也不分给她。老人每年还得从国家给的千把块的养老钱中拿一部分给儿子一家交电费。还有的老人，国家给的那点养老钱，儿子儿媳直接领走了，老人一分也花不上。这几年的城镇化运动推着农民进城买房，在我故乡发生了好几起这样的事：结婚五六年、七八年，早已为人母的儿媳妇，以离婚或出走相威胁，逼着公公婆婆四处借钱凑房款首付，贷上款，公公婆婆再打工继续还房贷，自己却在家整天串门打麻将……道德沦丧，几无人伦底线。家教的缺失、感恩的缺失，正成为一场灾难。

杨　键：古代人的礼与现代人讲的平等，其区别何在？

牛梦牛：古代人的礼，更多的是对自己的要求，讲的是修身。现代人讲的平等，更多的是要求别人怎么对待自己，而不是自己怎么对待别人，潜意识里是以我为尊。两者有本质的区别。

杨　键：为什么古人开智早，我们现在却太晚了，十七八岁的孩子还在玩游戏呢？

牛梦牛：古人开智早，但没我们知识多啊；我们现在开智太晚，但我们比古人知识多啊，哈哈……我们学习了太多的知识。古人从一开始学习的是做人和智慧，而我们的学习，侧重的是知识。另一个方面，寿命的普遍延长，也无形中延长了现代人的童年期，虽然我们的童年过得并不太像童年。

杨　键：在我看来，生命是我们最为重要的一门学问，但在我们的日常里却最与我们无关。你如何看待这个问题？

牛梦牛：生命教育的缺失，使得我们既不能真正地认识自己，也不能真正地认识他人；既不能很好地认识生，也不能很好地认识死，活在一种浑噩而非透彻的状态中。这是我们需要好好补上的一课。

杨　键："义利之辨"乃千古之辩。我们今天几乎无一幸免地被利裹挟，为什么在我们这里钱成为衡量一切的最高标准？

牛梦牛：钱成为衡量一切的最高标准，正反映了我们内心的坍塌：道义的坍塌、人伦的坍塌、虚无的坍塌、三不朽价值观的坍塌，对圣贤和圣贤文化崇拜的坍塌……

杨　键：为什么现代性来了，人反而失去了真心？

牛梦牛：古人讲"抱朴守真"。现代性来了，但现代的各种诱惑也来了。由于条件限制，古人的生活相对简单，社会变化也非常缓慢。现在，我们置身的世界日新月异，面对形形色色的诱惑，想守住自己的本心确实太难了。

杨　键：你如何看待诚与敬？

牛梦牛：不自欺，不欺人，谓之"诚"；自诚，自省，谓之"敬"。这是修身之本。

杨　键：你如何看待中庸？

牛梦牛:"中庸之为德也,其至矣乎!"一个人,做事不偏不倚,做人庸而不俗,有什么不好呢?这样的人,于社会有利无害。历史上,英雄梦害了不少人,对我们民族也戕害得不轻。

杨　键:我们通常讲这首诗很俗,你如何看待这个"俗"字?

牛梦牛:趣味不高,令人厌恶。诗俗,根子是因为人俗。

杨　键:新诗就目前而言还是过分实在,而幻境不足,虚实难以相生。对此,你如何看?

牛梦牛:我很喜欢那种虚实相生、亦真亦幻的诗,也很想写那样的诗,可惜写不出来。

杨　键:有些诗就像是写在水面上一样,我想说的是,我们的诗如何才能在白纸上生根,在时间中开花结果?

牛梦牛:这个问题,是否可以置换为:什么是诗?什么样的文字才算得上一首好诗?我个人的思考是:独特的细节、独特的发现、独特的体验(经验或超验)。如果一首诗要更好,那就再加上一个独特:独特的语言。前面的三个独特,就是对没有被确认的世界的立法。三个独特,如果连一个也没有占住,我认为那样的文字是不会有价值的,一堆词语而已,泡沫而已。

杨　键:请谈谈汉语的美。

牛梦牛:汉语的形之曼妙多姿,意之简约蕴涵,实在是太美了。如果再加上古诗词的那种格律美,简直美得无法形容。

杨　键:请谈谈,我们日常生活中那些非常珍贵的正在消失的细节、正在消失的美。

牛梦牛:山泉,井水,炊烟,河边洗衣,老母亲灯下补衣……这些细节的消失,带走了一个古典中国。从生活便利的角度来看,这是社会的进步,谁也不希望自己和亲人活得那么辛苦。事实上,当我们从一种劳作里解放出来,往往又进入另一种劳作,甚至是毫无诗意的劳作,比如流水线上的生产。反正,人是不会闲了的,而美却可能从我们的日常劳作、日常生活中消失。

杨　键:武则天墓碑上有一个"无"字,小津安二郎的墓碑上也有一个"无"字,乃至无门惠开有《无门关》,慧能大师有"本来无一物",你对这个"无"字有什么体会?

牛梦牛:无即有。无不同于数学里的零,它是道之一,一生二,二生三,三生万物,万物又复归于一,其实就是无中生有,有复归无。生命本身不就是一个无中生有,然后复归于无的过程吗?

杨　键:"率性之谓道",你对这个"性"字怎么体会?

牛梦牛:但凡生灵,皆有其性。"天命之谓性,率性之谓道,修道之谓教。"道有大道、小道、正道、歪道,所以这个道是需要修正的。修道即修心,修道即修性,学会约束自己的率性、任性。这个修字,正是人与动物的区别吧。

杨　键：知识之诗与境界之诗的区别何在？

牛梦牛：两者都有好诗。但唯有境界之诗，才刻骨铭心，让千载之后的读者怆然涕下或怦然心动，因为后者是活出来的，诗里有一个诗人生命的温度。

杨　键：内观和自省在汉语写作里重要吗？

牛梦牛：嗯，太重要了，特别是写诗。解剖社会、解剖别人不如解剖自己，刀刃向内闹革命。人诗合一的文字是最有生命力的。

杨　键："心"这个字你如何看？

牛梦牛：找到自己就找到心了。一个人，回归自己也是回家。

（2021年6月23日对话）

杨键第三次对话牛梦牛

杨　键：自网上可以购书以来，很多书店纷纷倒闭。上个月我们做一本新书的分享会，书店的周围共有15所高校，竟然没有一个人来，来了十几个人还是一个诗人朋友带来的。面对这样的实体书店几乎全面倒闭、读书的种子将要消失的状况，你有什么解决之道呢？

牛梦牛：去年之前，差不多有六七年时间，我没进过书店，买书也基本上是通过网络。去实体书店耗费时间，可选择的范围也小，越是小城市，越难买到自己喜欢的书。这是主要原因。这一年多来，我会隔一段时间去朋友开的百味书坊里坐坐，主要是看看朋友，一块聊聊天、喝喝茶，当然，遇到喜欢的书也顺便买几本。在我们这样一个五线小城市，还能看到一些冷门的高质量的文学书籍，真是非常难得。这得益于书店老板仝哥是个有情怀有虚无的人，让我刮目相看，虽然我们结识时间并不长。我知道，这个书店对他来说是赔钱的，他一直在勉力坚持。我也知道，不是每一个书店经营者都有把自己的书店开成内山书店的向往，但在这样一个小地方，他是不可能遇到重量级的写作者的。

实体书店不景气，倒不一定是读书的人少了。网络阅读，也是读书的一种形式，有它的便利性优势。当下，网络阅读的人确实挺多的，这是个快餐式消费的时代。读经典的人确实比较少，估计在任何时代都是如此吧。只要还有少数人坚持阅读经典，我觉得就没有必要太悲观。

杨　键：请推荐 20 本你认为非常重要的书。

牛梦牛：重要的维度是多方面的，我只能列出目前对我影响比较大，或者我特别喜欢的作品或作家。

《六祖坛经》、《金刚经》、《周易》、《道德经》、《中庸》、《传习录》、《古诗源》、《聊斋志异》、《唐诗鉴赏词典》（萧涤非、俞平伯等著）、《宋词鉴赏词典》（夏承焘等著）、《边城》、《湘行散文》、《卡瓦菲斯诗集》、《时间的玫瑰》（北岛）、《一个人的村庄》（刘亮程）、《圣经》、《卡夫卡小说全集》、《里尔克全集》、《噪音使整个世界静默——阿米亥诗选》、《杰克·吉尔伯特诗全集》。

（2021 年 8 月 14 日对话，本次收录前对书目略有调整）

代后记 /

诗人在别处

韩玉光

只有在这一册名为《草木之命》的诗集里,我才能如此清晰地看见诗人牛梦牛。而在去年夏天,我看见的只是王莽岭上的牛梦龙、七佛寺里的牛梦龙、晋城人牛梦龙。

一晃八年,我几乎见证了一个人生命的十分之一,这在一个万物共生的星球上,不能说是奇迹,却可算得上是缘分。

这缘起,自然是诗。

近来,经常有人问我:诗是什么?

在这篇短文里,我应该如是作答:诗就是八年前的春天,一个高平人坐火车来见一个原平人;诗就是一个叫牛梦龙的男人有一天成了名为牛梦牛的诗人;诗就是一些来往谈不上频繁的汉字在这本诗集里彼此紧紧拥抱着……

与西方叙事诗的源头不同,汉语诗歌从一开始就有了抒情的本能。牛梦牛的诗大多是精短的、简约的抒情诗,就像我小时候见惯的油灯,高挑的灯台上,仅有那么一小苗灯火。

这个比喻也让我明白,一首诗的抒情性,正是那满屋子的光。

借着这光,诗人牛梦牛看见了众多记忆中的事物,以及他们因光而来的影子。所以,他记忆的体积在这些诗中陡然变大了,就像一滴泪已经涅槃为一片海水,故人、旧物一如无数条河流纷纷入海。

他的诗里,出入自如的是"孤独"一词。在诗的世界里,这个词总是因诗人而显得与众不同。而在中外古今诗歌史上,一众诗人也总是留下孤独的荣耀与背影。

是的,万物都是孤独的。

在《彷徨辞》里,诗人牛梦牛如此写道:"我有一腔不合时宜的/旧思想,它让我深陷孤独与沉默/像一堵无形之墙……"这自然是孤独的某种理由,但如果说一个人找到自己的身体源于一件旧衣裳,而且这衣服上的羽毛又让自己飞了起来,自然是一种幻觉。沃尔特·惠特曼在他的《幻象》一诗里写下:"每一个人的生命(把点点滴滴收集、记录,不漏过一个所思所感所行)/汇总叠加起来,无论大小,成其总体/都在它的幻象里。"华兹华斯、叶芝,自然也曾目睹这样的幻象,而博尔赫斯更为直接:"说到底,人群是一个幻觉,它并不存在。"也许,这才是孤独的源头。德国艺术家安瑟姆·基弗则说得更为彻底:"诗歌是唯一可能的现实,其他一切都是幻觉。"

诗人写诗,正是在记忆的诱使下,在幻象的废墟上建造着自己的真实世界。无疑,他们尝到的禁果,让他们有了生而为人的歉意。诗人牛梦牛在一片落叶、一只灰喜鹊、一条鱼、一只刺猬身上安放自己的草木之心,这是一个渐知心外无物的人间过客对大千世界的微观凝视与宏观扫描,这是一个已知心外无诗的诗歌后来者接受了微言大义的醍醐灌顶。

读牛梦牛的诗,既见草木,又见草木之命。这命,犹如鲛人以泪藏珠。在诗人牛梦牛的诗句里,"泪"的出场高调而孤独。在《一念微尘》中:"双眼突然涌出泪水。"在《某个清晨》:"但你的悲伤/仍然打湿了我的眼眶。"在《我不是因为孤独才想你……》时:"想到我会活得又老又孤独,我就忍不住哭泣。"在《父亲节写给父亲》里:"在电视里絮叨着打铁的故事/我突然泪流满面/——那一刻,我真的想你了。"还有《还乡之路》:"我的泪水夺眶而出,为这亘古不变的喜乐与荒凉。"《圣餐》:"有一次,我在梦里侮辱了一个人/却在梦醒之后,流出了被侮辱者的泪。"

诗人也有疑问:"你那么美,为什么也会流泪?"(《你》)诗人也有答案:"美和悲伤一样,具有催人泪下的力量。"(《落泪记》)

而事实上,这"泪"源远流长,在牛梦牛写父母的诗中,我们也能看到他们的眼泪犹如谦卑的诗行一直垂到了尘世:"少年时,我有一次看到/父亲在厨房里独自流泪。"(《男人简史》)同样是泪,同样是诗人,阿根廷诗人博尔赫斯在《天赋之诗》第一行写道：没有人能读出泪水或责备。在最后一行又写下：就仿佛是梦境，或者是遗忘。

对于梦，名字里嵌着一个梦的牛梦牛也是情有独钟的："我喜欢做梦/尤其是，荒诞不经的梦。"那年梨花诗歌艺术节，来自内蒙古的诗人敕勒川给了写诗不久的牛梦龙一个"笔名为牛梦牛"的建议，牛梦龙听从了，这也许是恰好与一个人内心的期待重叠了。这牛，站在一行诗上就是一个生字。也许，诗人牛梦牛正是在那一瞬间自觉领受了诗之生生不息。

我读到牛梦牛写下的："我的故乡，已成默片；我的双亲，已是故人。"（《现在，我知道我错了》）读到："梦中/我在吹一个气球。"（《吹气球》）我已经看到在这周而复始的尘世间，眼泪的后面，是更多的眼泪；梦的深处，是更多的梦；一首诗以外，是更多的诗。

在这首写于 2021 年的三行诗《刹那》："最小的寺庙，一个汉字。//今夜，当我写下'我'，/就是写下：一僧、一寺、一世界。"中，诗人牛梦牛仿佛一粒刚刚剃度的汉字，蓦然听到了六祖慧能的"迷时师度，悟了自度"。万物皆有诗性，只是被一个"我"字遮蔽。诗人穷其一生，就是日复一日地去蔽，直到词落诗出，万物的光芒遥相辉映。在另一首《我需要……》中，他说："我需要一场大醉，烂醉如泥，以此证明/不惑之年，我终于开始清醒。"其实，对于一个醒来的人而言，又何须分出醉中还是梦中？

代后记

牛梦牛属于那种写诗起步较晚却很快能以诗为家的诗人，这不能不说是一种云在青天的慧心显现。他的诗短中有力，小中见道，犹如一根白发带来流逝时光的生活解密者，以至于让我觉得在文字的磁场中，诗的每一条磁力线都穿过了他的梦与生活。

在《诗》中，牛梦牛写下："今夜，我要感恩的是一首诗，/感恩它虚无中的存在，/一首热气腾腾的诗，也许算不上佳作，/但我心中仍充满感恩/——它选择由我写出，而不是别人。"是的，读着这些来自牛梦牛心上的诗句，我知道他感恩的是永存于他诗中的故乡、父母，是守在他诗中的一山一水、一草一木。

原本山川，极命草木。万事万物回到诗中，就像暗夜里星辰回到了天空。

感谢诗歌，总能让我以做梦者的天赋喋喋不休，感谢诗人牛梦牛的信任，让我在此说出亦如草木生长的心里话。

2024 年夏日于抱朴居